KB206961

엄마는 외계인

푸른사상 동시선 5

엄마는 외계인

인쇄 2012년 7월 16일 | 발행 2012년 7월 23일

지은이 · 서안나
펴낸이 · 한봉숙
펴낸곳 · 푸른사상사
주간 · 맹문재 | 편집 · 지순이 | 마케팅 · 박강태

등록 제2-2876호
주소 서울시 중구 초동 42번지 아시아미디어타워 502호
대표전화 02) 2268-8706~7 | 팩시밀리 02) 2268-8708
이메일 prun21c@yahoo.co.kr / prun21c@hanmail.net
홈페이지 www.prun21c.com

ISBN 978-89-5640-933-7 04810
ISBN 978-89-5640-859-0 04810 (세트)

값 9,000원

e-CIP 홈페이지(http://www.nl.go.kr/cip.php)에서 이용하실 수 있습니다.
(CIP제어번호 : CIP2012003220)

엄마는 외계인

서안나 동시집

동시집에 그림을 그려준 고마운 어린 친구들이 있습니다. 어린 친구 중에 서유리(일산 은행초교 2학년)는 제 조카이기도 합니다. 초등학교 2학년인 유리는 다섯 살 때부터 소아암으로 투병 중입니다. 유리는 여러 차례의 대수술과 입원과 퇴원을 거치며 항암치료를 받고 있습니다. 유리는 힘든 상황 속에서도 병실에서 그림을 즐겨 그립니다. 서툴고 소박하지만, 유리의 그림 몇 편을 동시집에 실었습니다. 유리의 그림은 동시를 미리 읽고 그린 그림이 아닌 탓에 동시 내용과 맞지 않는 그림도 있습니다. 유리의 그림에는 병을 이겨내기 위하여 노력하는 아이의 희망과 행복한 꿈이 담겨 있습니다. 그리고 유리처럼 몸이 아픈 어린 친구들에게도 이 동시집이 조그마한 힘이 되었으면 합니다.

시인의 말

하늘을 날고 싶니?
눈을 감고
기분 좋은 생각을 해보렴
등에서 날개가 돋아날 거야

커다란 산이 되고 싶니?
나무를 껴안아보렴
온몸에 푸른 잎이 돋아 날거야

행복해지고 싶니?
친구에게 "넌 멋진 친구야"라고 귓속말을 해주렴
풀꽃에게 안녕하고 말을 걸어보렴
밥을 꼭꼭 씹어 먹어보렴
친구와 손잡고 노래를 같이 불러보렴
커다란 목소리로 동화책을 읽어보렴
풍선껌을 커다랗게 불어보렴
하하 웃어보렴

2012년 7월 서안나

제1부

제2부

제3부

제4부

연필도 공부하기 싫은가 봐요

제1부

벙어리장갑

우리
같이
모여 놀자

엄지야
너도 빨리 와

수박

누구야!

낮잠 자는
내 얼굴에
몰래
낙서한 녀석이

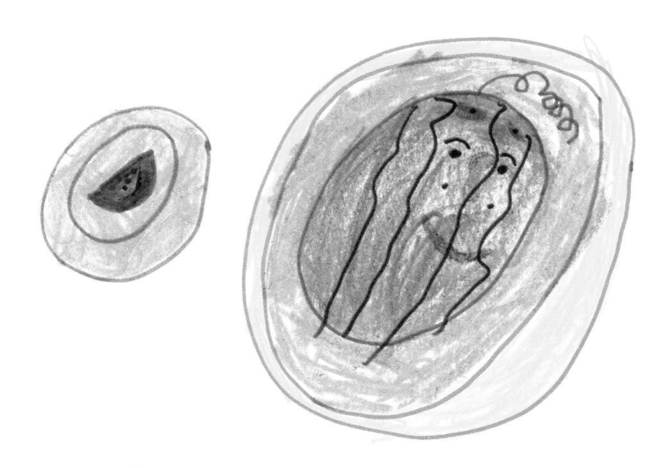

별아, 너도 숙제하기 싫지

숙제하기 싫어
엄마에게 혼난 저녁

창문을 열면
별도 나처럼
눈물이 글썽글썽

별아,
너도 숙제하기 싫지?

엄마 나도 속상해요

공부도 잘하고
달리기도 잘하고
키도 크고 싶어요

근데 자꾸
게임하고 싶고
친구들과
놀고 싶어요

엄마
나도
속상해요

산책

세상에서
가장 커다란 책

꽃이 피고
나비가 날고
사람과 산과 강물이
함께 걸어가는

세상에서
가장 싱싱한 책

흉터

엄마가
연고 발라준
손등 위의 흉터

혼자 심심한지
긁어 달래요
자꾸 놀아 달래요

멸치

우유랑
멸치랑
많이 먹어야
아빠처럼
키가 큰단다

엄마
그런데요
멸치가
자꾸
나를
째려봐요

엄마는 외계인

낮잠 자는 엄마에게 물어보았죠

–엄마,

나는 어디서 왔어요?

–엄마 아빠별에서 왔지

–아빠와 엄마는요?

–할머니 할아버지별에서 왔지

–그럼 할아버지와 할머니는요?

–인터넷에서 찾아보렴

형

동생이
친구에게 맞고
들어온 날엔
말라깽이라도
세상에서 가장
힘센
형이 된다

돼지

친구들이
뚱뚱하다고 놀려도
맛있는 거 보면
참을 수 없어

그래,
너희들 실컷 놀리렴
맛있는 것
나 혼자 다 먹을 테다

튤립꽃

엄마
그 애에게
고백할까요

너를 못 본 날엔
내 심장에
분홍빛 그늘이
진다고요

해바라기

엄마
이상해요

눈을 감아도
힘껏 달려도

민이 얼굴이
자꾸
따라와요

침대를 숨겨 놓았어요

엄마,
누가
책 속에
푹신한 침대를
숨겨 놓은 게 분명해요

책만 읽으면
졸음이 쏟아지는 걸요

사슴벌레

아빠가 사다 준
애벌레

꽁꽁
흙 속에 숨어 있더니
사슴처럼 멋진 뿔이 났어요

엄마가 사다 준
젤리 과자 먹으며
쑥쑥 자라요

엄마 아빠 기다리며
꺼내먹는 젤리 과자
사슴벌레 한 입
나도 한 입

너도 엄마가 보고 싶구나

연필

연필 한 자루
또르르
책상 밑으로 굴러가요

날 잡아보렴
날 잡아보렴
연필도
공부하기 싫은가 봐요

친구야, 꼴찌 해도 날 싫어하지 않을 거지?

제2부

예쁜 똥

동생 기저귀 갈 때마다
엄마가 활짝 웃으며 하는 말
우리 아가 예쁜 똥
우리 아가 예쁜 똥

엄마는 거짓말쟁이
동생 우유
훔쳐 먹어도
내 똥에선
냄새만 나는데

찌그러진 우산

비 오는 날 아침
찌그러진 우산만 남았네
엄마에게 짜증내고
학교 가는 길
예쁜 윤이를 만났다
우산으로
얼굴 가리고 가는 길
오늘따라 학교가
왜 이렇게 멀까

얄미운 강아지

아빠가
"발" 하면
앞발을 척 내밀고

엄마가
"앉아" 하면
냉큼 앉는 강아지

내가
"발" 하면
으르렁대는 강아지

지우개

너는 목욕을 언제 했니?

왜 이렇게

때가 많이 나오니

아기 캥거루

아기 캥거루
풍덩

깡충깡충 뛰어놀다
무서운 동물을 만나면
엄마 뱃속으로
풍덩

배고파도
엄마 뱃속으로
풍덩

졸려도
엄마 뱃속으로
풍덩

아기 캥거루는
다이빙 선수
풍덩

꼬마 꿀벌

꿀을 먹을 만큼만 가져갈게요
꽃잎을 망가뜨리지 않을게요
침을 함부로 쏘지 않을게요
향기도 나누어 줄게요
모두 모두 배부르게
달콤한 열매도 나눠 줄게요

지도

일하러 간
아빠를 찾아봐요
시골 할머니 집을 찾아봐요
전학 간 친구 이름 불러봐요

지도가
내 마음을 알고
먼 길도 가깝게 불러와요

두고 보자

애써 그려놓은 그림 숙제
동생이 장난치다
찢어버린 그림 숙제
엄마는
새로 그리면 된다지만
얼마나 힘든데요

엄마 뒤에 숨어
메롱 거리는
동생 녀석

엄마 없을 때
두고 보자

친구

일찍 일어나기 싫어
머리 감기도 싫어
영어학원도 가기 싫어
맘껏 게임하고 싶어

친구야,
꼴찌 해도
날 싫어하지 않을 거지?

조금 미안하다

분명 화장실에서
오줌을 누었는데

큰일났다
침대가 축축하다

잠자는 동생과
슬쩍
자리를 바꿨다
조금 미안하다

의자는 건방진 친구

의자는
건방진 친구
할아버지가 와도
선생님이 와도
자리에서
일어서지 않아
인사도 하지 않아

방학 숙제

하루 만에
베껴 쓴
방학 일기

날씨가 틀리면 어쩌지?
선생님이 아시면 어쩌지?

하루만 더
방학이었으면

감기나
왕창 걸렸으면

지각

지각한 아침
손바닥에 땀이 난다

책가방 속
책들도
선생님께 혼날까 봐

심장이
덜컹덜컹

콩닥콩닥 비밀 편지

그 애가 건네준
비밀 편지

그 애의
심장 소리
콩닥콩닥 들리네

엄마, 내가 좋아 누나가 좋아?

제3부

변비 걸린 염소

엄마,
아무리 힘줘도
똥이 나오질 않아요
입술이 새카매졌어요

염소가
왜 온몸이
까만지 알겠어요

개

바닷가 마을
늙은 개 한 마리

바다가 멀리
도망가지 못하도록
컹컹 짖어요

고기 잡는 아들을 둔
주인아저씨 기도하듯
밥을 가득 담아줍니다

밥값 잘하는 개가
기특한가 봐요

쭈글쭈글 내 동생

엄마
갓난쟁이 동생은
왜 쭈글쭈글해요?

우리 가족 찾아
먼 우주를
오래오래
날아왔기 때문이야

엄마는 나만 미워해

동생 태어나고
엄마는 나만 미워해

이름도 못 쓰는
오줌싸개 똥싸개
동생만 예뻐하고

잠자는 동생 얼굴
살며시 쓸어줘도
잠 깨운다고
저리 가라

엄마는 나만 미워해

엄마는 왜 아빠랑 결혼했어요?

–엄마,
왜 아빠랑 결혼했어?

–응, 널 만나려고

–엄마는 왜
누나를 먼저 낳았어?

–너를 기다리려고

–엄마,
내가 좋아 누나가 좋아?

–넌 아빠가 좋아? 엄마가 좋아?

딱풀

딱풀을 칠하면
손가락에 종이가 묻고
풀에 내 손자국이 묻어요

사랑하는 사람들은
마음에 풀기가 남아 있어요

내 손가락에도
엄마의 지문이
묻어 있어요

그늘

그늘은
시골 외할머니를
닮았어요

장난꾸러기 동생처럼
무거운 나무를
하루 종일
업고 다녀요

하루 종일
장난감 자동차에
태우고 다녀요

신기한 엄마

숙제하고
동화책 읽을 땐
아무 말 없으시다가

게임할 때면
귀신처럼 알고
내 방문 여는 엄마

이상하다
이상해

숫자 공부

8자를
왜 눕혀 쓰니

온종일
팔 들고
서 있는
눈사람
힘들까 봐서요

뽀미

내가 두 손 들고
벌을 서면
손 내리고
같이 놀자고
발가락을 깨무는 뽀미

저리 가
너도 엄마에게
혼난단 말이야

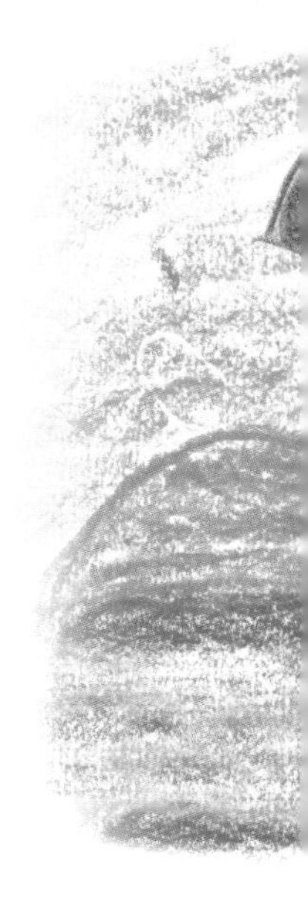

다섯 손가락

엄지손가락이 없으면
내가 최고야! 라는 말을 못해
두 번째 손가락이 없으면
좋아하는 너를 가리키지 못해
세 번째 손가락이 없으면
재미있는 게임을 할 수 없어
네 번째 손가락이 없으면
예쁜 반지를 낄 수 없어
다섯 번째 손가락이 없으면
친구와 소중한 약속을 못 해
하나라도 없으면
나머지 손가락들이 심심해하지

청개구리

쉬는 시간
매점에서
아이스크림 사 먹고
복도를 달려갔다
달려왔다

수업 시간이면
꼬박꼬박 조는

우리는
개굴개굴
청개구리

소풍 가방

소풍 갈 때
무거운 가방

집에 올 땐
홀쭉하지요

맛있는 것
나에게 다 주고

심심한
내 손을
엄마처럼
꼬옥 잡아 주지요

생일

선물과
케익을 들고

어디까지 왔니?
어디까지 왔니?

울퉁불퉁 못생긴 감자

시골 할머니가
보내주신
울퉁불퉁 못생긴 감자

삶아서
소금 찍어 먹으면
맛있는 감자

손으로 가만 만지면
할머니 손길처럼 따스한
삶은 감자

할머니 손처럼
울퉁불퉁 못생긴 감자

코끼리 방귀 소리도 들리니?

제4부

엄마 냄새

낮잠 자다 깬 날
시골집 마당엔
햇살만 쨍쨍

해님도 방학인지
학교도 안 가고 쨍쨍

엄마
보고 싶어
베개에
얼굴 묻으면
알싸한 엄마 냄새
눈물 난다

마당엔 햇살만 쨍쨍

엄마, 메롱!

엄마는 수다쟁이
손님이 오시면
거실에서 재미있게
하하 호호

우리에겐 공부하라며
방문을 쾅 닫으신다

엄마 메롱!!!!!

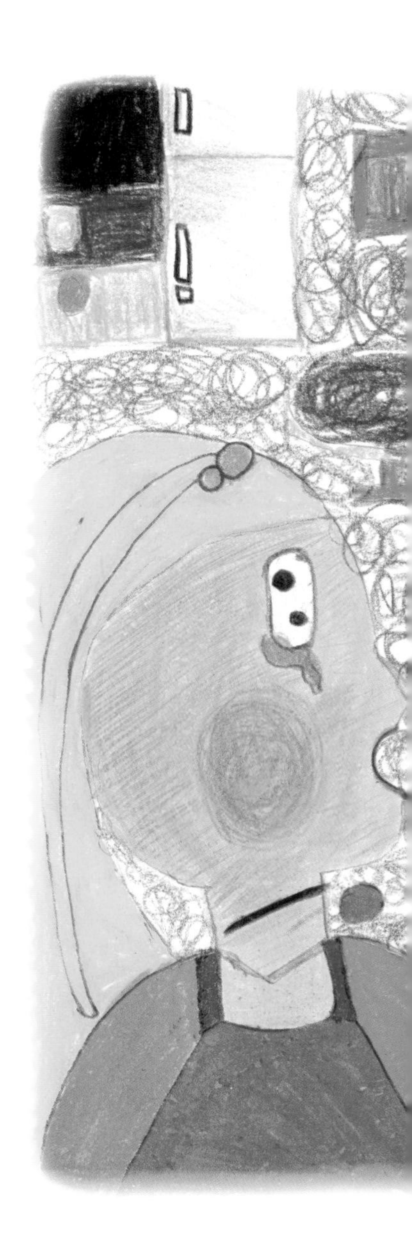

컴퓨터 게임

엄마는
하루에
한 시간만
게임을 허락해준다

게임을 할 땐
한 시간이
십 분 같다

이 세상의 시계를
누가
몽땅 훔쳐갔으면 좋겠다

파도

파도는
부끄럼쟁이
준이처럼
내 근처만
왔다갔다

좋아한단
말도 못하고
왔다갔다

엄마는 눈물의 여왕

텔레비전에서
누가 울면
따라 우는 엄마

내가 아플 때면
나보다 더 아프게
우는 엄마

우리 엄마에겐
외할머니 치마처럼
커다란 손수건이 필요해요

저녁밥

엄마가 쌀을 씻어
전기밥솥을 누르면
툭탁툭탁
슉슉슉
뜨거운 김 내뿜는
전기밥솥

저녁밥 기다리며
나와 동생도
방에 이불 깔고
레슬링 하고
권투시합 하며
툭탁툭탁
슉슉슉

엄마가 부르면
슉슉슉
달려가
밥을 먹지요

아가와 꽃

느리게

느리게

엄마에게

기어가는

아가

웃으며

웃으며

기다리는

엄마

아가와 엄마가 만나면

까르르

웃음이 꽃처럼 피어나네

이빨 뽑는 날

헌 이 줄게
새 이 다오

할머니가 뽑은
내 이빨
지붕 위
까치에게 던진다

헌 이 줄게
새 이 다오

까치가
정말 새 이빨을
물어다 줄까?

코뿔소

코뿔소의 코는
왜 화가 났을까?
코가 뿔이 났네
넌 원래 소였니?
이마에 뿔이 난다면
이마뿔소가 되겠네?
엉덩이에 뿔이 나면
엉덩뿔소?
내가 놀려서 화났니?

하하하

기린

넌 어디까지 볼 수 있니?

조그만 꽃잎이
안녕 하는 소리가 들리니?
아프리카 초원을 달리는
점박이 하이에나가 보이니?
정글 속
코끼리 방귀 소리도 들리니?

엄마 기다리며
나팔꽃 씨앗처럼
까맣게 익은
내 마음도 보이니?

김밥

소풍날 아침
엄마와 함께 만드는
김밥

엄마가 만든 김밥은
동그랗고 예쁜데
내 손엔 밥알만
잔뜩 묻는다

엄마 말은 잘 듣고
내겐 떼만 쓰는
얄미운 동생 닮은 김밥

소풍날

늦게 자도
엄마가 깨우지 않아도
일찍 잠이 깨는 날
엄마에게 혼나도
기분 좋은 날

우산

비바람이 불어도
장맛비에 젖어도
내 마음속
활짝 펼쳐진
꿈은
젖지 않아요

밥

할머니의 손이
얼마나 애가 탔는지
밥압을 꼭꼭
씹어보면 압니다
뜨거운 밥 냄새가 납니다
시골 할머니 집
수건에서
맡던 냄새입니다

동시 속 그림

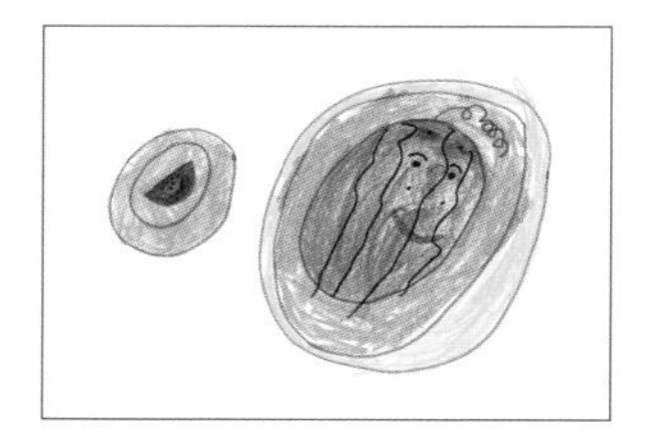

이정우(개포 포이초 1학년)

유소현(안양 평촌초 3학년)

이은서(개포 포이초 2학년)

서유리(일산 은행초 2학년)

이정우(개포 포이초 1학년)

서유리(일산 은행초 2학년)

서유리(일산 은행초 2학년)

서유리(일산 은행초 2학년)

서유리(일산 은행초 2학년)

서유리(일산 은행초 2학년)

김가빈(개포 포이초 2학년)

김가빈(개포 포이초 2학년)

서유리(일산 은행초 2학년)

조현진

서유리(일산 은행초 2학년)

이정우(개포 포이초 1학년)

서유리(일산 은행초 2학년)

서유리(일산 은행초 2학년)

서유리(일산 은행초 2학년)

이동규

지우석(개포 포이초 3학년)

서유리(일산 은행초 2학년)

백지현(개포 포이초 3학년)

한예원

조민교(개포 포이초 1학년)

한어진

김채연(장안 안평초 2학년)